MW00961704

LOS DRAGON

LAS ALAS DRAGÓN

Azmina, el dragón dorado de purpurina

Maddy Mara

LAS CHICAS DRAGÓN

DRAGÓN

Azmina, el dragón
dorado de purpurina

Maddy Mara

Scholastic Inc.

Originally published in English as *Azmina the Gold Glitter Dragon*

Translated by Abel Berriz

If you purchased this book without a cover, you should be aware that this book is stolen property. It was reported as "unsold and destroyed" to the publisher, and neither the author nor the publisher has received any payment for this "stripped book."

Copyright © 2021 by Maddy Mara
Illustrations by Thais Damião, copyright © 2021 by Scholastic Inc.
Translation copyright © 2024 by Scholastic Inc.

All rights reserved. Published by Scholastic Inc., *Publishers since 1920*. SCHOLASTIC, SCHOLASTIC EN ESPAÑOL, and associated logos are trademarks and/or registered trademarks of Scholastic Inc.

The publisher does not have any control over and does not assume any responsibility for author or third-party websites or their content.

No part of this publication may be reproduced, stored in a retrieval system, or transmitted in any form or by any means, electronic, mechanical, photocopying, recording, or otherwise, without written permission of the publisher. For information regarding permission, write to Scholastic Inc., Attention: Permissions Department, 557 Broadway, New York, NY 10012.

This book is a work of fiction. Names, characters, places, and incidents are either the product of the author's imagination or are used fictitiously, and any resemblance to actual persons, living or dead, business establishments, events, or locales is entirely coincidental.

ISBN 978-1-339-04369-2

10 9 8 7 6 5 4 3 2 1   24 25 26 27 28

Printed in the U.S.A 40

First Spanish printing, 2024

Book design by Stephanie Yang

Para Madeleine y Asmara

Azmina yacía boca abajo en el jardín de su nueva casa. Hacía un día cálido para ser otoño, pero la chica no sentía el sol en la piel. No se percató del perro que ladraba cerca. Ni siquiera escuchó a su mamá cantar mientras desempacaba las cajas en el interior de la casa a la que acababan de mudarse.

Un sonido extraño había llamado su atención, y ese sonido bloqueaba todo lo demás. Era como si alguien susurrara el primer verso de una canción.

Bosque Mágico, Bosque Mágico,

ven y explora...

A través de un hueco en la cerca, la chica podía ver el lindero de un bosque. ¿Acaso la música provenía de allí?

Azmina no estaba acostumbrada a admirar los árboles. Era una chica de ciudad. O lo había sido. Todavía no estaba muy segura de su identidad en este nuevo lugar. Cuando vivía en la ciudad, no paraba nunca, entre las lecciones

de canto, el fútbol con

sus amigas y las

pijamadas.

Pero ahora no

tenía con quien or-

ganizar pijamadas.

Todo había cambiado

cuando ella y su mamá se

mudaron. A Azmina le agradaban los chicos

de su nueva escuela, pero aún no tenía amigos.

En la escuela, le habían asignado una mesa

con otras dos chicas llamadas Willa y Naomi.

De alguna manera, Azmina sabía que las tres

estaban destinadas a ser amigas. Se lo decía

un ligero cosquilleo que sentía en su interior. Sin embargo, no estaba segura de qué hacer para comenzar la amistad.

Suspiró. Sabía que hacer amigos tomaba tiempo, pero detestaba ser la chica nueva.

Bosque Mágico, Bosque Mágico,

ven y explora...

Azmina se incorporó. Ahora la canción se escuchaba mejor. ¡Definitivamente provenía del bosque! Pero era distinta a cualquier canción que hubiera escuchado antes. La melodía era como el canto de mil pájaros y el murmullo de un río, todo mezclado con el susurro de las hojas.

La chica se puso de pie de un brinco, corrió hasta la cerca y se asomó por encima de esta. Como venía de la ciudad, nunca había visto un verdadero bosque, ¡y este le pareció increíble! Las hojas lucían los colores del otoño, sus favoritos: rojo brillante, naranja intenso y, el mejor de todos, amarillo radiante. El suelo del bosque parecía estar cubierto de oro.

Un árbol llamó la atención de la chica. Era más alto que el resto, y sus ramas eran largas y gráciles. Sus hojas brillaban como si fueran doradas. Azmina sintió que un ligero escalofrío le recorría la espalda. Había algo especial en ese árbol, algo mágico.

Mientras más admiraba el bosque, más cosas descubría.

—Puedo sentir el aroma de las flores —murmuró para sí—. ¡Pero eso no tiene sentido! La mayoría de las flores se marchitaron con la llegada del otoño.

Pero eso no era lo más extraño. También sentía el olor de piñas y mangos. Ella no sabía mucho de bosques, ¡pero estaba casi segura de que esas frutas no crecían en este lugar!

Ahora que estaba más cerca, podía escuchar mejor la canción.

Bosque Mágico, Bosque Mágico,

ven y explora.

Bosque Mágico, Bosque Mágico,

¡escucha ahora!

¿Escucha ahora? ¿Qué significaba eso?

—Bosque Mágico, Bosque Mágico —repitió Azmina, primero en voz baja y luego más alto, sin poder evitarlo.

Una de las hojas doradas del árbol más alto se elevó en el aire y pareció bailar, moviéndose de un lado a otro, dejando una estela brillante a su paso.

Azmina vio como la hoja se le acercaba. Cuando la tuvo encima, saltó y la agarró. La hoja estaba caliente por el sol, y la chica sintió

un hormigueo en las yemas de los dedos al

acariciarla.

De repente, supo exactamente qué hacer. Su voz tronó cuando comenzó a cantar:

Bosque Mágico, Bosque Mágico,

ven y explora.

Bosque Mágico, Bosque Mágico,

¡escucha ahora!

Al instante, una ráfaga de viento la envolvió. Azmina cerró los ojos mientras el viento la lanzaba por el aire, la hacía girar y finalmente la dejaba caer al suelo. Todo sucedió en segundos, pero ella supo de inmediato que algo asombroso acababa de pasar. Algo que cambiaría su vida para siempre.

Azmina abrió los ojos y se dio cuenta de que ya no estaba en el jardín de su casa. Ahora se encontraba en medio del bosque, y este le parecía mucho más hermoso que antes. Las enredaderas se enroscaban alrededor de los troncos de los árboles, cargadas de frutos que nunca antes había visto. Flores de todos los colores imaginables cubrían el suelo como una alfombra. El canto de los pájaros inundaba el aire.

La chica descubrió una bolita de color rosa pegada a una enredadera. ¡La bolita comenzó a crecer ante sus ojos! En cuestión de segundos se convirtió en una fruta perfecta y madura. Parecía un durazno, pero olía a frambuesas. Azmina no pudo resistirse a tomarla y darle un mordisquito. ¡Para su sorpresa, sabía a chocolate!

"¿Dónde estoy?", se preguntó.

Los olores tropicales le hacían cosquillas en la nariz, y Azmina sintió que se avecinaba

un estornudo. Abrió la boca, echó la cabeza hacia atrás y... ¡*ACHÍS*! ¡Le encantaba estornudar! Era como si se rascara una terrible picazón.

Chispas doradas revolotearon a su alrededor.

La chica observó sorprendida la nube de purpurina que la rodeaba. ¿Acaso la había provocado ella con el estornudo?

El corazón le latía desbocado. Algo increíble estaba pasando, pero ¿qué exactamente?

Por entre los árboles, Azmina pudo ver un lago reluciente, y decidió acercársele. Siempre había corrido muy rápido, pero hoy sus piernas se sentían más fuertes y veloces que nunca. De repente se encontró corriendo a través de los árboles a toda velocidad. Llegó a la orilla del lago en un instante.

Se asomó al agua, y se sorprendió: una criatura magnífica la contemplaba desde la superficie.

La chica se apartó de un brinco. Se viró a encarar lo que fuera que estuviese mirándola, pero estaba completamente sola. Miró a un lado y al otro, pero nada. ¿Quizás la criatura estaba bajo el agua? ¿O tal vez se la había imaginado? Azmina volvió a acercarse sigilosamente al agua.

¡Allí estaba otra vez! La criatura estaba cubierta de escamas doradas que proyectaban diminutos círculos de luz a través de la superficie del agua. Sobre su cabeza danzaban dos elegantes orejas doradas y alrededor de sus ojos se dibujaban unos remolinos. ¡Era un dragón!

—Este… ¡Hola! —dijo la chica, sin saber qué otra cosa decir.

Azmina vio que la boca del dragón se movía a la par de la suya. Miró fijamente a la criatura, y un millón de ideas le vinieron a la mente. Movió la cabeza y la del dragón también se movió. Sacó la lengua, ¡Y EL DRAGÓN TAMBIÉN LO HIZO!

La chica se miró los pies... pero ya no tenía

pies, sino unas grandes patas doradas.

Dio un paso atrás, sorprendida, y cayó al suelo. Se dio vuelta para ver con qué había tropezado y descubrió una enorme serpiente dorada que brillaba al sol.

—¡Ay! —gritó.

Intentó alejarse de la serpiente, ¡pero esta la siguió!

Entonces se dio cuenta de que aquello no era una serpiente en absoluto. Era una cola. Pero ¿acaso estaba pegada a ella? Azmina trató de moverla, y agitó con éxito la cola en el aire, dejando una estela de purpurina que refulgió por un instante antes de desvanecerse.

En ese momento, se escuchó un rugido entre

los arbustos. Azmina abrió la boca sin pensarlo y rugió también. ¡Su rugido era tan fuerte que los árboles se encorvaron! Una vez más, en el aire se arremolinaron unas chispas de purpurina.

Azmina miró hacia los arbustos. ¿Quién estaba allí? Algo asomó la cabeza por detrás de un helecho. ¿Era un cachorro de león o de leopardo? El cachorro tenía el pelaje dorado como el de un león, pero salpicado de manchas. Aunque las manchas no eran comunes y corrientes, ¡eran amarillo brillante como luces de neón!

—¡Hola, monada! —dijo Azmina, tratando de hablar bajito, pero sin lograrlo. ¡Es difícil hablar

en voz baja cuando eres un dragón!

El cachorro no se asustó. Saltó hacia Azmina de modo juguetón. Al verlo de cerca, la chica notó que tenía unas hermosas alas de mariposa.

Azmina soltó una risita cuando la extraña criatura le acarició la pierna con el hocico. Se agachó para tocarlo, pero el cachorro se elevó en el aire batiendo las alas enérgicamente y revoloteó sobre la chica, dando volteretas en el aire con una expresión alegre en el rostro.

—¡Oye, vuelve aquí, mariposita cachorro!

—murmuró Azmina—. ¿Cómo debo llamarte? ¿Botón de Oro?

Botón de Oro ronroneó y se acercó a presionar su mejilla contra la de Azmina. Sus bigotitos le hicieron cosquillas a la chica.

—¡Lo tomaré como un sí! —dijo ella riendo.

Azmina se irguió para darle una palmadita en la cabeza a la criatura, pero sintió que su cuerpo se levantaba del suelo. Un sonido sibilante llenó el aire, y a la chica se le revolvió el estómago como si estuviera en una montaña rusa.

El pecho se le hinchió de emoción. Azmina sabía lo que estaba pasando. Efectivamente, cuando miró hacia atrás, vio dos enormes alas que le salían de la espalda. Parecían ser de oro puro y estaban hermosamente talladas. Cada vez que la chica aleteaba, sus alas despedían un polvo resplandeciente.

Azmina sonrió. ¡Estaba volando! No podía creer que esto estuviera sucediendo. En sus más preciados sueños siempre estaba volando y, cada cumpleaños, cuando apagaba las velas del pastel, su deseo era el mismo: "Ojalá pudiera volar...".

Botón de Oro le golpeó el pecho con la cabeza y se alejó.

—¿Quieres que te siga? —le preguntó Azmina.

El cachorro asintió y emitió un sonido que se parecía mucho a un "sí".

—Espera, ¿acabas de hablar? —dijo la chica.

—No. Te lo imaginaste —ronroneó Botón de Oro.

—¿Qué? ¿C... cómo? —tartamudeó Azmina, confundida.

Pero antes de que pudiera preguntarle nada más, el cachorro salió disparado. Miraba hacia atrás constantemente para comprobar que ella lo seguía.

—¡Ya voy! —gritó Azmina—. Pero no soy tan rápida como tú. Recuerda que acabo de aprender a volar.

La chica mejoraba el vuelo con cada batir de

alas. Sin embargo, se mantenía cerca del suelo, por si se caía. Botón de Oro revoloteó a su alrededor.

—¡Deja de presumir! —rio Azmina—. Con el tiempo llegaré a ser tan buena como tú, ya lo verás.

En breve llegaron a un lugar donde los árboles crecían demasiado pegados como para volar entre ellos. Botón de Oro se dejó caer suavemente al suelo y corrió hasta un hueco en la espesura por el que se filtraba una cálida luz ámbar.

—¿Entramos por ahí? —preguntó la chica, aterrizando torpemente junto al cachorro.

¡Definitivamente necesitaba practicar el vuelo!

—Tienes que seguir sin mí, pero volveré a verte pronto —ronroneó Botón de Oro.

—¡Ja! ¡Puedes hablar! —exclamó Azmina.

El cachorro soltó una risita.

—Por supuesto que puedo. Todos los animales

del Bosque Mágico pueden hablar, solo tienes que saber escuchar.

—¿En serio? Eso es genial —dijo la chica, a la que esto le resultaba casi tan emocionante como descubrir que era un dragón.

Azmina lamentó tener que separarse del cachorro, pero sentía una gran curiosidad por ver qué había más allá de los árboles. Le acarició la cabeza a Botón de Oro, respiró hondo y se metió por el hueco. Era estrecho y las ramas la arañaban, pero siguió adelante. ¿Qué habría al otro lado?

Azmina pasó junto al último arbusto, tropezó con la raíz de un árbol y cayó de bruces. Como si eso fuera poco, también emitió un fuerte hipido. Acostumbraba a hipar a menudo, ¡pero esta era la primera vez que hipaba una llamita dorada!

Dejó escapar otra llama, se levantó y miró

hacia adelante. Había algo extraño en el aire. Estaba fresco bajo la sombra, pero frente a ella refulgía un intenso brillo, como cuando hace mucho calor.

Azmina extendió la mano para tocar el aire, ¡y su pata desapareció! Se echó hacia atrás rápidamente y su pata reapareció.

¿Tendría que adentrarse en una especie de portal o campo de fuerza? Todo era muy raro, pero no sentía miedo. Botón de Oro la había traído hasta aquí, y ella confiaba en él.

Respiró hondo y avanzó hacia el aire centelleante. Sintió un ligero silbido y se encontró en un claro de luz. La hierba perfumada era tan suave como una nube. Las flores en forma de campanilla tintineaban cuando la brisa las mecía. Las mariposas revoloteaban, tarareando dulces melodías.

En medio del claro había un árbol solitario. Sus ramas estaban cubiertas de hojas doradas. Azmina sintió que el corazón le daba un vuelco. ¡Estaba segura de que este era el mismo árbol que había visto desde su jardín!

Junto al árbol revoloteaba un hermoso dragón multicolor. Se parecía a Azmina en forma y tamaño, pero sus manchas eran diferentes. Tenía escamas de color púrpura brillante y rayas multicolores en las alas y el resto del cuerpo.

—Este... Eh... ¡Hola! —dijo Azmina—. Sé que

parezco un dragón, pero en realidad soy una chica.

El dragón multicolor exhaló purpurina con los colores del arcoíris.

—Debes ser una chica dragón, como yo

—dijo. Su voz parecía humana, aunque mucho más potente, y también sonaba familiar—. Eres Azmina, ¿verdad?

Azmina lo miró fijamente.

—¿Cómo lo sabes? —dijo, y se preguntó qué habría querido decir con eso de "chica dragón".

El dragón volvió a exhalar purpurina.

—Nos dijeron que vendrías. Queríamos decírtelo en la escuela, pero prometimos esperar.

Azmina no lo podía creer.

—¿Hay más dragones?

—¡Sí! El tercero es...

Antes de que pudiera terminar, un silbido volvió a llenar el aire y otro dragón atravesó el campo de fuerza.

Azmina emitió un suave rugido de sorpresa y batió las alas. Se elevó en el aire, dio una voltereta y se estrelló contra el suelo. Por todas las direcciones se dispersaron mariposas.

El nuevo dragón era de un deslumbrante color azul plateado y brillantes ojos verdes. Extendió una pata para ayudar a Azmina a levantarse, sonriendo amablemente.

—No te preocupes. Cuando volé ayer por primera vez, me estrellé contra un árbol. —Se volvió hacia el dragón multicolor—. Hola, Naomi. ¡Llegaste muy rápido!

Azmina se dio la vuelta para mirar al dragón multicolor.

—¿Naomi? ¿La de la escuela?

—¡Adivinaste! —El dragón multicolor sonrió y el dragón plateado se rio de nuevo.

Azmina había escuchado esa risa antes.

—¡Willa! —exclamó.

El dragón plateado asintió, y los ojos le brillaron.

—¡Sí, soy yo! Chévere, ¿no? Todavía no puedo creerlo. Naomi y yo solo hemos tenido veinticuatro horas para acostumbrarnos a la idea.

Azmina no solía titubear, pero no supo qué decir.

—Sé que debe parecerte increíble —dijo

Naomi como si pudiera leerle la mente—, pero relájate. Hoy nos enteraremos de más cosas. Por ejemplo, para qué nos convocaron.

—¿Nos convocaron? —preguntó Azmina, y volvió a pensar en el canto que había escuchado en el jardín. Ahora todo cobraba sentido. ¡El bosque la había llamado!

—Es la única manera de entrar al Bosque Mágico —explicó Willa—, del mismo modo que solo puedes ingresar a este claro si tienes buenas intenciones. La reina Árbol nos lo explicó ayer. Si fueras mala, ese aire brillante que atravesaste sería tan impenetrable como el cemento.

—¿Quién es la reina Árbol? —preguntó Azmina.

—Estás a punto de saberlo. —Willa rio y exhaló una bocanada de humo plateado—. Reina Árbol, ¡ya estamos todas!

Azmina miró a su alrededor. Hasta donde alcanzaba a ver, no había nadie más en el claro. Pero entonces el árbol alto solitario comenzó a balancearse de un lado a otro, como si bailara. La parte inferior del tronco se transformó en una túnica vaporosa de color verde musgo. Las ramas se convirtieron en elegantes brazos. En la parte superior del tronco se definió un rostro, enmarcado por una mata de cabello largo y suelto.

—Gracias por venir, dragones de purpurina —dijo el árbol con una voz cálida y firme—. Y

bienvenida, Azmina, la última miembro del grupo. Soy la reina Árbol del Bosque Mágico. Yo fui quien te convocó.

—¿Somos dragones de purpurina? —preguntó Azmina, sonriendo.

Eso explicaba los destellos que aparecían en

el aire cada vez que se movía, estornudaba, hipaba o rugía.

La reina Árbol se meció y sonrió.

—¡Sí! Willa es el dragón plateado de purpurina y Naomi es el dragón multicolor de purpurina. Y tú, Azmina, eres el dragón dorado de purpurina. Te nos uniste justo a tiempo. Necesitamos tu ayuda.

Azmina sintió que una inyección de energía le recorría el cuerpo. Esperaba que cualquier ayuda que necesitaran implicara volar mucho.

—Los trasgos sombríos han regresado —dijo la reina Árbol muy seria.

—¿Los trasgos sombríos? —repitió Azmina—. ¿Son malos?

—Me temo que sí —dijo la reina con gravedad—. Hace mucho tiempo, el Bosque Mágico estaba gobernado por una reina malvada: la reina Sombría. Los trasgos sombríos eran sus ayudantes. En aquel entonces, el bosque era un lugar aterrador. Tomó muchos, muchos años, pero finalmente derrotamos a la reina Sombría y a sus trasgos. Pensábamos que habían sido desterrados para siempre, pero han sido vistos nuevamente en el bosque.

La reina Árbol dejó escapar un profundo suspiro.

—Me temo que los trasgos sombríos están planeando tomar el control del bosque para que la reina Sombría pueda retornar. Azmina, si no actuamos rápido, tu primer viaje al Bosque Mágico podría ser el último.

—¡Tenemos que detenerlos! —jadeó Azmina horrorizada.

—¡Así es! —asintió Willa.

—De ninguna manera dejaremos que esos trasgos destruyan el Bosque Mágico —declaró Naomi.

—Me alegra mucho escuchar eso —dijo la reina Árbol, y sus ramas comenzaron a agitarse mientras sus hojas susurraban, como si las azotara el viento.

Azmina la observó, sin entender muy bien lo que pasaba. Finalmente, la reina comenzó a moverse más lentamente y extendió uno de

sus largos brazos, del cual colgaba una enorme
y brillante manzana dorada.

—Chicas, miren el interior de la manzana
mágica —instruyó.

Azmina, Willa y Naomi se inclinaron y contemplaron la manzana gigante. Al principio, Azmina solo veía sus reflejos en la superficie brillante de la fruta, pero poco a poco comenzaron a aparecer otras formas. Era como mirar en una bola de cristal.

Fue en ese momento que apareció el Bosque Mágico. Azmina vio árboles centenarios, lagos resplandecientes y campos de flores misteriosas bañados por el sol. Pero entonces notó algo extraño. ¡Todo se iba volviendo de un gris opaco, como si alguien le quitara el color! La chica vio horrorizada como los árboles y las flores comenzaban a marchitarse.

Azmina miró alarmada a los otros dragones.

—¡Debe ser obra de los trasgos sombríos! —dijo Naomi.

—Es como si estuvieran robando la luz del sol —dijo Willa, con los ojos fijos en la manzana mágica.

—La luz del sol, la luz de la luna. —La reina Árbol asintió sabiamente—. Quieren robarse la felicidad y los colores del bosque. Quieren que este sea un lugar gris. De esa manera tendrán más poder. Me temo que no se detendrán hasta que desaparezca el último destello brillante y la reina Sombría pueda volver a gobernar.

Azmina agitó las alas y advirtió aliviada un remolino de purpurina que ondeaba en el aire.

—No te preocupes, Azmina. —La reina Árbol

sonrió—. Aquí en el claro estamos a salvo. Mi campo de fuerza mágico es demasiado fuerte para los trasgos sombríos. Al menos por ahora. Pero el Bosque Mágico es enorme y mis poderes no llegan a todas partes. —La reina Árbol balanceó las ramas—. No puedo luchar sola contra los trasgos.

—¡Te ayudaré! —soltó Azmina sin pensarlo—. Y apuesto a que Willa y Naomi también.

Las otras chicas dragón asintieron.

—Por supuesto —dijo Willa—. Somos un equipo. Somos los dragones de purpurina.

A Azmina la invadió un sentimiento cálido. Era emocionante formar parte de un equipo.

—Gracias, chicas —dijo la reina Árbol—, pero

debo advertirles que la misión es peligrosa y ustedes tres aún no se conocen bien. ¿Serán capaces de trabajar juntas?

Azmina vaciló. Willa y Naomi eran amigas. Seguramente sabían trabajar en equipo, pero ¿y ella? ¿Encajaría? Primero miró a Willa y luego a Naomi. ¿Estarían pensando lo mismo?

La expresión de Naomi se transformó inmediatamente en una sonrisa. Azmina también le sonrió, y sintió una oleada de confianza.

—Podemos lograrlo.

—Creo que sí —asintió la reina emocionada.

—Azmina, arranca la manzana de la rama —dijo la reina Árbol.

Azmina obedeció. En la parte superior de la manzana había una sola hoja.

—Haz girar la hoja —instruyó la reina Árbol.

A Azmina le costó trabajo hacerlo con las

garras, pero al final lo consiguió. En el acto, la manzana se abrió en dos mitades perfectas. Su interior era hueco y brillante como un cuenco dorado.

—Hay una antigua poción que impedirá que los trasgos sombríos se roben la luz del sol —explicó la reina Árbol—. Recolecten los ingredientes y colóquenlos en la manzana. ¡Pero presten atención! Los ingredientes son muy potentes y difíciles de encontrar.

—Este... ¿han notado como el día se está poniendo oscuro y frío? —preguntó Naomi de repente.

—¡Tienes razón! —dijo Azmina, mirando a su

alrededor; el cielo estaba definitivamente más gris—. ¿Ya está cayendo la noche?

—No. Es obra de los trasgos sombríos —dijo la reina Árbol—. Mira la manzana.

Azmina unió las dos mitades de la manzana

y apareció la imagen del sol radiante del Bosque Mágico. ¡Pero algo andaba mal! Un pedacito del sol había dejado de brillar.

—Eso no está bien —murmuró Naomi.

—Tienes razón —dijo la reina Árbol—. Si no encuentran a tiempo los ingredientes para la poción, me temo que el sol no volverá a brillar.

Las chicas la miraron horrorizadas.

—¡No permitiremos que eso suceda! —dijo Azmina con voz firme.

Acababa de descubrir el Bosque Mágico, ¡y de ninguna manera iba a permitir que se lo arrebataran!

—Deberán tener cuidado —advirtió la reina Árbol—. Los trasgos sombríos son muy tramposos. Harán todo lo posible para detenerlas.

En ese momento, Azmina creyó ver algo que se movía del otro lado del campo de fuerza. ¿Qué era aquello que se deslizaba entre los árboles? Sin embargo, cuando volvió a mirar, no había nada.

Una brisa había comenzado a soplar en el bosque. Las ramas de los árboles golpeaban el campo de fuerza como si este fuera una ventana.

—¡Chicas, no podemos perder ni un segundo! —instó la reina—. Cuanto antes consigan los ingredientes, más pronto podrán preparar la poción.

Las hojas de la reina crujieron, y Azmina vio que algo se alzaba en el aire, giraba y aterrizaba a sus pies. La chica se inclinó para recoger el objeto. Era una especie de bolsa de un material suave, pero resistente.

—Esto es para que lleves la manzana —explicó la reina Árbol.

Willa y Naomi la ayudaron a atarse la bolsa alrededor del cuerpo. La bolsa se camuflaba perfectamente con los tonos dorados de la piel de Azmina. Cuando la chica metió la manzana en ella, esta apenas se notaba. ¡Estaba claro que se trataba de una bolsa muy especial!

Azmina agitó las alas, espolvoreando pur-purina. Estaba impaciente por partir. Por supuesto que sentía miedo, especialmente con los trasgos al acecho, pero también estaba emocionada.

—¿Cuáles son los ingredientes? —preguntó ansiosa.

—Necesitan recolectar tres cosas, así que presten atención —respondió la reina Árbol.

Las chicas dragón se acercaron para escuchar mejor.

—Primero —dijo la reina—, necesitan semillas de girasol doradas del Valle Secreto. Deben molerlas hasta convertirlas en polvo.

Azmina asintió. Las semillas de girasol no parecían difíciles de recolectar. ¡El primer ingrediente sería pan comido!

—El segundo ingrediente es la miel de las abejas luminosas de Ciudad Globo —continuó la reina.

Azmina se sintió un poco menos segura de poder conseguir este ingrediente. ¿Abejas luminosas? ¿Ciudad Globo? ¡No tenía idea de lo que eso significaba! Sin embargo, supuso que Willa y Naomi lo sabrían.

Más allá del claro, la brisa se había convertido en un fuerte viento.

—El ingrediente final y el más difícil —dijo la reina Árbol alzando la voz por encima del ruido del viento— es una...

El viento azotó el campo de fuerza, ahogando el resto de la frase, pero Azmina creyó haber escuchado la palabra "chispa", aunque no estaba del todo segura.

—Disculpa, ¿qué dijiste...?

Pero era demasiado tarde. La reina había comenzado a transformarse en árbol. Su vestido, su rostro y sus fuertes brazos pronto se convirtieron en madera maciza.

Azmina se volvió hacia las chicas.

—¿Escucharon lo último que dijo? Fue "chispa", ¿verdad?

—Lo siento —dijo Willa, encogiéndose de hombros—, pero no lo escuché.

—Estoy segura de que dijo "astilla" —dijo Naomi—. Ayer, cuando practicábamos el vuelo, vi un árbol súper brillante. Apuesto a que necesitamos recolectar una astilla de su corteza.

—La verdad es que escuché "chispa" —dijo Azmina.

—Hum. —Naomi arrugó el hocico—. Estoy segura de que escuché "astilla".

Willa agitó las alas y se alzó del suelo.

—No nos preocupemos por eso por ahora —dijo—. El primer ingrediente son las semillas de girasol del Valle Secreto, ¿verdad?

Azmina y Naomi asintieron.

—Vayamos hacia allí —añadió Willa.

—¿Conocen el camino? —preguntó Azmina.

Naomi y Willa negaron con la cabeza, pero

en ese momento Azmina sintió una suave presión en el cuello.

—¡Botón de Oro! —gritó, acariciando al cachorro—. ¿De dónde saliste?

—Siempre apareceré cuando me necesites. Vamos —ronroneó la criatura.

El cachorro dorado agitó sus alas de mariposa y se elevó en el aire. Azmina no tuvo tiempo de preocuparse por sus habilidades para volar. ¡Tenía que seguirlo de cerca!

—¡Vamos! —les rugió a Willa y a Naomi—. ¡Este pequeño nos indicará el camino!

Las chicas dragón se elevaron al cielo y volaron sobre las copas de los árboles. ¡Qué

maravilloso era volar! Era tan, pero tan divertido que Azmina casi olvida la misión. Casi, pero no del todo. Cuanto más lejos volaban, más se desvanecía la luz del sol. Aunque no se trataba de un hermoso atardecer, sino de algo mucho más extraño y terrible.

Azmina frunció los labios. NO permitiría que los trasgos sombríos se robaran la luz del sol y la de la luna. ¡Este lugar era demasiado brillante y maravilloso!

5

Volar era divertido, pero también difícil, especialmente cuando se volaba con el viento en contra. Así y todo, a medida que ganaba más confianza, Azmina no pudo resistirse a probar algunos de los movimientos que había visto hacer a Botón de Oro.

—¡Chévere! —dijo Naomi, que volaba a su lado—. ¡Oye, prueba esto!

Naomi realizó una serie de movimientos muy hábiles. Bajó en picado hacia la izquierda y rápidamente giró hacia la derecha. Les mostró a las otras chicas dragón cómo dar la vuelta y volar de cara al cielo. ¡No era tan fácil como parecía! Finalmente, Naomi hizo un giro de torpedo en picado a toda velocidad.

Willa y Azmina intentaron imitarla, y lo hicieron bastante bien... ¡hasta que al final casi se les enredan las colas!

—¡Tenemos que mejorar eso! —rio Azmina.

—¡De acuerdo! —sonrió Willa—. Volar es algo que nunca me cansaré de practicar.

—¡Miren! —gritó en ese momento Naomi.

Bajo ellas se extendía un campo de girasoles, escondido entre dos altas montañas coronadas de nieve ligeramente púrpura. Los girasoles se parecían a los que Azmina había visto en el mundo normal, excepto por una diferencia importante: el centro de cada flor brillaba como si estuviera iluminado desde el interior. Cosa rara, un delicioso olor a palomitas de maíz con mantequilla se elevaba desde el campo.

—¡Hora de aterrizar! —gritó Azmina cuando Botón de Oro comenzó a bajar en picado hacia las flores.

Azmina voló tras él a toda velocidad.

—¡Qué flores tan geniales! —gritó Willa, aterrizando cerca.

La otra chi-ca tenía razón. ¡Ahora que se hallaban en el

suelo, Azmina vio que las semillas en el centro de cada flor parecían bombillas doradas! Pero no todas funcionaban correctamente. Algunas se encendían y apagaban. Otras habían perdido el brillo. El estómago le dio un vuelco. ¿Estarían los trasgos sombríos por ahí? Miró a su alrededor. No los veía, pero tenía la extraña sensación de que estaban cerca.

Estaba claro que no había tiempo que perder. Azmina envolvió el tallo de la flor más brillante que vio con una pata y la sacudió suavemente.

Las semillas cayeron de la flor y se esparcieron por el suelo. Willa y Naomi se acercaron, y Azmina recogió una semilla. Se sentía cálida y suave al tacto.

—La reina Árbol dijo que teníamos que molerlas hasta convertirlas en polvo —recordó Azmina—. Pero ¿cómo?

—¿Pisoteándolas? —sugirió Willa.

Azmina sonrió y comenzó a saltar sobre las semillas. Para su sorpresa, se convirtieron en un polvo fino. Ella siempre había sido bastante fuerte, ¡pero ahora era tan fuerte como un dragón!

Sacó la manzana de la bolsa e hizo girar la hoja en la parte de arriba. Por arte de magia, la manzana se dividió en dos. Azmina vertió con cuidado el polvo de semillas de girasol en el interior. El polvo burbujeó ligeramente al asentarse en el fondo, emitiendo una bocanada de un vapor dulzón.

Las chicas sonrieron.

—¡Eso no fue difícil! —dijo Naomi.

—Mucho más fácil de lo que esperaba —acordó Willa—. ¿Crees que los próximos dos ingredientes sean tan fáciles de encontrar?

Botón de Oro se elevó en el aire, ansioso por ponerse en marcha.

—Solo hay una manera de averiguarlo. ¡Vamos! —dijo Azmina.

La chica sentía que cuanto más volaba, más rápida y ágil se volvía. Quería practicar algunos de los movimientos que les había mostrado Naomi, pero sabía que tenían que concentrarse en la búsqueda de los ingredientes. Agitó las fuertes alas y sintió que el aire se deslizaba por su cuerpo resplandeciente. Se sentía confiada y segura, y tenía la certeza de que junto a sus compañeras lograría cumplir la misión.

Siguieron a Botón de Oro, que voló cada vez más alto, hasta que el bosque pareció una alfombra cubierta de musgo verde.

—¿No les parece hermoso? —preguntó Willa.

Azmina asintió, y una estela de purpurina serpenteó tras ella.

—Es hermoso —asintió Naomi, acercándose—. Pero ¿han notado que cada vez se vuelve más oscuro?

Naomi tenía razón. Parecía que la noche hubiera comenzado a caer.

Botón de Oro comenzó a descender, guiando a las chicas dragón hacia las copas de los árboles. Azmina notó una luz extraña que salía de entre la espesura. ¿Qué podría ser?

Entonces vio la fuente de la luz: unos globos brillantes colgaban de las ramas de los árboles.

—¿Son linternas? —se preguntó en voz alta.

—¡Son colmenas! —exclamó Willa.

Dentro y alrededor de las colmenas volaban puntitos que parecían lucecitas centelleantes.

—Pero las abejas no brillan así —reflexionó Naomi—. Deben ser luciérnagas.

Entonces las chicas se dieron cuenta de lo que eran.

—¡Son abejas luminosas! —gritaron al unísono.

Azmina sonrió. El segundo ingrediente era miel brillante. ¡Parecía que recolectar la miel iba a ser tan fácil como obtener las semillas de girasol!

Las chicas descendieron en picado hacia los globos.

—Cuidado —dijo Botón de Oro cuando se

acercaban—. Las abejas luminosas son muy delicadas. No pueden lanzarse sobre ellas.

Las chicas dragón se detuvieron y se quedaron flotando en el aire. Azmina podía oír el zumbido de las abejas luminosas. Era mucho más potente que el de las abejas normales.

—Tal vez una de nosotras debería ir y pedirles cortésmente un poco de miel —sugirió Azmina.

Las tres se miraron.

—Azmina, deberías ser tú —dijo Willa.

—Estoy de acuerdo —asintió Naomi.

—¿Yo? ¿Por qué yo? —balbuceó Azmina, sorprendida.

—Porque eres amigable y divertida, y sabrás

qué decir —dijo Willa—. Yo no sabría cómo convencerlas.

—Bueno, está bien —dijo Azmina.

Era agradable que las otras pensaran que podía hablar con las abejas. ¡Sin embargo, ella no estaba tan segura!

—No te preocupes. —Willa sonrió—. Nos quedaremos cerca.

Azmina asintió, esperando parecer más valiente de lo que se sentía. Las tres chicas se acercaron volando a los globos, con cuidado de no rozar a las abejas con las alas. Lo último que necesitaban era hacerlas enojar. Azmina tragó en seco. ¡Las abejas se veían mucho más grandes de cerca!

Al principio, las abejas luminosas ignoraron a Azmina y volaron a su alrededor como si se tratara de un árbol volador dorado. La chica tosió chispas brillantes para llamar su atención, y una de las abejas se detuvo junto a ella.

—¿Te importaría no hacer eso? ¡Es muy molesto! —zumbó la abeja irritada.

—Lo siento —dijo Azmina cortésmente—. Nos preguntábamos si podrían hacer algo por nosotras. Estaríamos muy agradecidas.

Otra abeja se acercó.

—¡Las abejas luminosas no hacen favores!

—¡Pero si no nos ayudan, el bosque podría perder su brillo! —gritó Naomi desde donde se encontraba.

—¡Shhh! —susurró Willa.

Naomi miró apenada a su compañera y se encogió de hombros.

—Perdón por importunarlas, pero se trata de algo importante —dijo Azmina—. ¿Podríamos hablar con su reina?

Un grupo de abejas que zumbaban furiosamente se acercó.

—¡Las abejas luminosas NO tenemos reina! Tenemos una presidenta elegida democráticamente. ¡Está claro que no sabes nada sobre nosotras!

"¡Ay! Esto NO marcha bien", pensó Azmina, pero necesitaba arreglarlo de algún modo.

—Ustedes hacen la mejor

miel del Bosque Mágico —dijo en un tono suplicante que a veces funcionaba con su madre.

Las abejas zumbaron orgullosas.

—Y solo su miel puede ayudar al bosque en este momento —agregó Azmina.

—¿Ayudar? ¿Qué necesitan? —preguntó una nueva abeja. Las otras se separaron para dejarla pasar—. Soy la presidenta de las abejas. ¿Cuál es el problema?

—Bueno, ¿has notado que el sol no brilla como antes? —preguntó Azmina.

Se escuchó un murmullo.

—¡Las flores ya comenzaron a cerrarse, y ni siquiera es por la tarde! —gritó una abeja.

—Es obra de los trasgos sombríos —gritó Naomi.

El zumbido de las abejas se volvió muy fuerte.

—¡No se preocupen! Estamos haciendo una poción especial para detenerlos. Ya tenemos un ingrediente, pero necesitamos un poco de su miel —dijo Azmina, y les sonrió a las abejas.

La chica dragón estaba casi segura de que las abejas no se negarían. Sin sol, no habría flores. ¡Y sin flores, no habría miel!

El zumbido de las abejas se hizo tan fuerte que por el aire volaron chispitas de luz.

—De ninguna manera —gritó una abeja.

—Las abejas luminosas NO regalan su miel

—zumbó otra—. Trabajamos muy duro para fabricarla. ¿Por qué la regalaríamos?

—¡Porque estamos tratando de ayudar al bosque! —estalló Naomi—. Ustedes, abejas...

—¡Tienen razón! —interrumpió Azmina antes de que Naomi pudiera terminar.

Las abejas luminosas tenían aguijones largos y relucientes. ¡No quería comprobar cuán afilados eran!

—No esperamos que nos den su miel así no más —dijo Azmina—. ¡Podríamos hacer un trueque! ¿Les gustaría cambiarla por purpurina? —añadió esperanzada—. La miel con purpurina debe ser increíble.

Las abejas formaron un grupo, zumbando

suavemente. Las chicas intercambiaron miradas nerviosas.

Finalmente, la reunión se disolvió y la presidenta de las abejas voló hacia Azmina.

—Nuestra miel es perfecta tal como es. No necesitamos purpurina.

Azmina la escuchó consternada. ¿Qué iban a hacer ahora?

Pero la presidenta no había terminado.

—Sin embargo, se nos ocurrió otra idea. Las retamos a una competencia de vuelo: abejas contra dragones. Volaremos por la misma ruta. Si ustedes tres pueden volar tan bien como nosotras, las recompensaremos con nuestra miel. ¿Qué me dicen?

Las chicas dragón se miraron entre ellas. Las abejas habían volado toda su vida mientras que ellas acababan de aprender. No parecía una competencia justa, pero ¿qué opción tenían?

Naomi se encogió de hombros y asintió. Willa la imitó.

—¡Desafío aceptado! —dijo Azmina, volviéndose hacia la presidenta.

En el acto, las abejas comenzaron a organizarse. En cuestión de segundos formaron filas largas y brillantes. Sus diminutas alas aleteaban tan rápido que el aire zumbaba como un motor.

—Esto va a ser difícil —murmuró Willa.

—No te preocupes —susurró Azmina—. Al menos nuestras alas son más grandes. Seguramente somos más rápidas.

—¿Qué tenemos que hacer? —le preguntó Naomi a la presidenta de las abejas.

—Primero, deberán volar tres veces alrededor de cada uno de los árboles que tienen una colmena —anunció la abeja.

Azmina miró a su alrededor y vio tres árboles de cuyas ramas colgaban globos brillantes.

—Pero NO golpeen las colmenas o harán que las abejas que están dentro se enojen —continuó la presidenta.

—¿Hay más abejas? —preguntó Azmina.

—Oh, sí. Y si las molestan, se enojarán. Y una abeja enojada no es nada agradable.

Azmina tragó en seco. Era sumamente torpe y se la pasaba tropezando. Su mamá siempre decía que ella tropezaba hasta con el aire.

"Pero tal vez sea distinto ahora que soy una chica dragón", pensó esperanzada.

—Una vez que les hayan dado tres vueltas a los árboles con colmena, realizarán una pirueta.

—¿Una qué? —farfulló Naomi.

Pero el enjambre de abejas ya había despegado. Los insectos rodearon el primer árbol ordenadamente y pasaron rápidamente

al segundo. Se movían tan rápido que parecían
la cola de un cometa.

A continuación, las abejas volaron por
encima de las chicas dragón. Comenzaron a
girar hacia la izquierda y hacia la derecha,
hacia arriba y hacia abajo, trazando hermosas

figuras brillantes. Parecía como si alguien las dibujara en el aire con una bengala.

—¡Tenemos un grave problema! —murmuró Willa, haciéndose eco de lo que había estado pensando Azmina—. De ninguna manera podremos superar eso.

7

—¡Cómo vamos a superarlo si no hemos podido practicar! —exclamó Naomi estresada.

—No te preocupes —le dijo Azmina, tratando de mantenerse positiva—. Hagamos la pirueta que nos enseñaste de camino aquí.

—¿Acaso no te acuerdas de que Willa y tú

terminaron enredadas? —dijo Naomi, alzando una ceja.

—Bueno, sí —dijo Azmina—. Pero esta vez no nos enredaremos. ¿Verdad, Willa?

Willa asintió nerviosa.

—Es un plan muy arriesgado —dijo Naomi, y suspiró—, pero es el único que tenemos, ¡así que manos a la obra!

—Es su turno, dragones —zumbaron las abejas.

—¡Uno, dos y tres!

Las chicas dragón salieron volando rumbo al primer árbol. Lo rodearon una, dos, tres veces, dejando tras de sí un rastro de purpurina. Como eran mucho más grandes que las abejas,

sus círculos eran
también mucho
más amplios. El
primero de ellos
les quedó un poco
chueco, pero el
segundo les salió perfecto. En la tercera vuelta
alrededor del árbol, Azmina sintió que una de
sus alas rozaba el borde de una colmena. Por
suerte, la colmena no se movió ni de ella salió
un enjambre de abejas enfadadas.

—¡Ya casi terminamos! —les rugió Azmina a
Willa y Naomi.

—¡Sí, pero esta es la parte más difícil! —dijo
Willa.

—¡Chicas, hagan lo mismo que yo! —les dijo Naomi, lanzándose en picado hacia la izquierda.

Azmina y Willa la imitaron, ¡y lo hicieron a la perfección! Entonces, Naomi giró hacia la derecha, y Azmina y Willa hicieron lo mismo. A Azmina le pareció que las abejas zumbaban impresionadas. Volar juntas era muy divertido. Azmina solo deseó haber tenido tiempo de practicar la caída de torpedo.

Naomi recogió la cola y comenzó el movimiento final. Descendió girando a toda velocidad. Willa y Azmina intercambiaron una mirada.

—Lista… ¡Vamos! —gritó Willa.

Azmina giraba tan rápido que no podía ver a Willa, pero sí podía sentirla.

—¡Vaya! —exclamaron las abejas.

Sin embargo, cuando disminuyeron la velocidad, todo salió mal.

—¡Me agarraron la pata! —gritó Willa.

Azmina se dio vuelta y vio a su compañera descendiendo a toda velocidad. Entre los árboles había dos figuras grises: ¡trasgos sombríos!

Sin pensarlo, se lanzó tras Willa. Sintió que alguien iba a su lado y por un momento se horrorizó al pensar que era otro trasgo, pero entonces vio un estallido de purpurina multicolor: ¡Naomi!

—¡Atrápala! —rugió Naomi.

Con un nuevo impulso, Azmina al- canzó a agarrarle el ala izquierda a Willa, mientras que Naomi le agarraba el ala derecha.

—Gracias, chicas —dijo Willa, suspirando, cuando Naomi y Azmina la bajaron sua- vemente—. Lo siento mucho. Lo arruiné todo. Ahora nunca conseguiremos la miel.

—Lo más importante es que estás bien —dijo Azmina, encogiéndose de hombros.

—Exacto —asintió Naomi—. ¿Tal vez haya otra cosa que podamos usar en la poción en lugar de miel?

—¡No hay nada que pueda reemplazar nuestra la miel! —corrigió la presidenta de las abejas, que ahora estaba frente a ellas.

De repente Azmina tuvo una idea.

—¿No es cierto que trabajar en equipo es lo más importante para las abejas?

—¡Absolutamente! —zumbó la presidenta—. Como siempre decimos: "La clave de la productividad es trabajar en armonía".

—El trabajo en equipo también es importante para los dragones —dijo Azmina—. Muy, muy importante. Y si uno de nosotros está en problemas, lo ayudamos. Aunque eso signifique estropear una pirueta.

—¡Abejas! —gritó la presidenta, y en el acto las otras formaron una bola zumbante a su alrededor.

Las chicas las observaron nerviosas. ¿Qué estaba pasando?

El grupo se apartó y la presidenta se acercó a las chicas.

—Lo discutimos y estamos de acuerdo en que el trabajo en equipo lo es todo. Las ayudaremos.

Un grupo de abejas voló directamente hacia Azmina sosteniendo una hoja entre ellas. Sobre la hoja descansaba una gota de algo, no del todo líquido, no del todo sólido, que brillaba como ámbar pulido.

—¡Qué hermosa! —suspiró Willa.

—Por supuesto —dijo la presidenta muy orgullosa—. Agréguenla a la poción mientras esté fresca.

Azmina abrió la manzana mágica y vertió la miel. El polvo de semillas de girasol se transformó en un líquido burbujeante del color del caramelo. Azmina cerró la manzana y el exterior brilló por arte de magia.

—¿A dónde irán ahora que tienen la miel? —preguntó la presidenta.

Las chicas se miraron entre ellas. Era una muy buena pregunta.

—Sigo pensando que tenemos que encontrar una astilla de corteza —dijo Naomi—. Síganme. Creo recordar dónde vi el árbol brillante.

Azmina vaciló.

—Realmente creo que la reina Árbol dijo "chispa".

—¡Pero eso no tiene sentido! ¿Una "chispa" de qué? —preguntó Naomi en voz alta—. ¿Y dónde la encontraríamos?

—¡Miren tras ustedes! —dijeron las abejas.

Las chicas dragón se voltearon. A lo lejos se alzaba un volcán enorme. De la cima del volcán brotaban innumerables chispas.

—¡Eso es! ¡El tercer ingrediente! —exclamó Azmina.

—¿Acaso la reina Árbol nos pediría que recogiéramos la chispa de un volcán? —preguntó Naomi, dudando—. Me parece demasiado peligroso.

—¿Qué crees tú, Willa? —preguntó Azmina—. ¿Chispa o astilla?

Willa miró primero a Azmina y luego a Naomi.

—Astilla —espetó—. Creo que la reina dijo "astilla".

—¡Pues en marcha! —dijo Naomi—. Mejor nos damos prisa. Oscurece por minutos.

Azmina se quedó fija en su sitio.

—Realmente creo que necesitamos buscar una chispa.

De las fosas nasales de Naomi brotaron nubecitas de purpurina de frustración.

Las abejas las observaban con interés.

—Las abejas siempre estamos de acuerdo en estar de acuerdo —zumbaron con desaprobación.

Azmina se preocupó. ¿Les pedirían las abejas que les devolvieran la miel?

Naomi debió pensar lo mismo.

—Está bien, ve tú a buscar una chispa —dijo—. Nosotras iremos a buscar una astilla. De esa manera, tendremos más posibilidades de obtener el ingrediente correcto.

Azmina asintió. Se alegró de que Naomi no se molestara con ella, pero cuando sus compañeras se fueron, se sintió sola. Una sensación punzante le invadió la boca del estómago.

¿Acababa de cometer un terrible error?

8

Azmina se volvió hacia la presidenta de las abejas.

—¿Tienes algún consejo para ir hasta el volcán?

—Solo tengo uno. ¡No lo hagas! —zumbó la presidenta.

Azmina suspiró. Ese no era el consejo que esperaba.

—El volcán ha estado muy activo. Está escupiendo mucha lava. No es seguro —explicó la presidenta.

Azmina miró el volcán. Los chorros de lava llegaban hasta el cielo. No cabía duda de que sería peligroso acercársele. Sin embargo, sabía que debía ir hasta allí. Era como si el volcán la llamara.

"Además, ¡soy una chica dragón!", pensó. Algo en sus brillantes escamas le infundía valor.

—La lava ardiente no es tu mayor problema —dijo una de las abejas como si le leyera la mente—. Dijiste que los trasgos están de vuelta. De ser cierto, harán lo que sea para detenerte.

—¡Deberías ir con tus amigas! —añadió otra abeja—. Es lo más seguro.

Azmina hizo una mueca. No quería ir sola, ¡pero no tenía otra opción!

—No estás sola —ronroneó Botón de Oro, que se había acercado a acariciarle el ala.

Azmina lo abrazó. Ir al volcán no le parecía ahora tan aterrador.

—Vamos, Botón de Oro. ¡Vamos!

Azmina miró hacia arriba mientras volaban sobre las copas de los árboles. Unas extrañas vendas parecían envolver al sol.

"¡Es por eso que se está haciendo más oscuro!", pensó. Las vendas sombrías ya cubrían casi la mitad del sol.

Para empeorar las cosas, Azmina tenía la sensación de que alguien los seguía. De vez en cuando sentía que algo frío la rozaba. Cuando miraba, no veía nada, pero en cuanto apartaba la vista, regresaba la sensación.

—Oye, Botón de Oro —dijo, tratando de sonar valiente—, ¡veamos qué tan rápido podemos ir!

Durante toda su vida, cada vez que fingía valentía, terminaba sintiéndose valiente de verdad. ¡Esperaba que esto también le sucediera en el Bosque Mágico!

Muy pronto, el volcán se alzaba ante ellos,

arrojando humo y fuego. Azmina frunció el ceño. Recoger una chispa de un volcán en erupción no era algo que hubiera hecho antes. ¡Todo podría salir mal!

—No te preocupes —le ronroneó Botón de Oro al oído—. Sé que puedes lograrlo.

—Gracias —dijo Azmina, contenta de tener a su lado a su amiguito del bosque.

El rugido de la lava que burbujeaba dentro del volcán se hacía más y más fuerte a medida que se acercaban. A su alrededor se arremolinaban ráfagas de aire caliente, como si estuvieran frente a un enorme secador de pelo. Una lluvia de chispas se elevó en el aire, brillando como estrellas fugaces.

A pesar del peligro, Azmina tuvo un presentimiento. Ahora estaba segura de que necesitaba recolectar una chispa del volcán. Bajó la cabeza y comenzó a volar en dirección a la cima. ¡De ninguna manera se rendiría!

Pero cuando llegaron a lo más alto del volcán, la chica se detuvo repentinamente. ¡No podía avanzar ni retroceder! Estaba atrapada en una especie de red.

Miró hacia abajo y vio que unas sombras grises le envolvían las patas y la cola. Las sombras eran delgadas y casi transparentes, pero muy fuertes. Sin importar cuanto lo intentara, ¡no podía moverse!

—¡Yo también estoy atrapado! —gruñó Botón

de Oro—. Son los trasgos sombríos. Nos han atrapado en sus redes.

Azmina sentía que mientras más luchaba por zafarse, más se apretaba la red a su alrededor. Sintió un ligero ataque de pánico.

—Botón de Oro, ¿qué vamos a hacer?

El cachorrito emitió un gemido. Estaba completamente cubierto por las redes sombrías.

Una poderosa rabia se apoderó de Azmina, neutralizando el pánico.

"¡Cómo se atreven!", pensó, y un rugido enorme comenzó a cobrar forma en su interior.

—¡¡¡Grrrrrrrr!!! —rugió, y en un segundo, las redes se convirtieron en cenizas.

Azmina y Botón de Oro volaron libres, y de

las alas de Azmina brotó purpurina. Botón de Oro rugió feliz al acercarse a la chica.

Sobrevolaron juntos el volcán. Azmina podía ver la lava caliente burbujeando.

De repente, la chica dragón sintió un dolor agudo en el ala derecha. Le dolía tanto que no podía moverla. Intentó agitar el ala izquierda, pero no sirvió de nada. ¡Ninguna criatura puede volar con una sola ala! Comenzó a caer en picado dando vueltas en dirección a la lava.

—¡Azmina, aletea más fuerte! —le gritó Botón de Oro.

—No puedo. ¡Tengo un ala acalambrada!

Justo antes de caer a la lava hirviendo, Azmina agitó su ala buena y logró desviarse hacia una pared del volcán. ¡Se las arregló para aferrarse con las garras a un saliente rocoso! Había evitado caer, pero estaba muy lejos de estar a salvo. Se vio a sí misma colgando de una garra, ¡con la lava burbujeando por debajo!

Botón de Oro voló de prisa hasta el saliente, y en su dulce rostro se reflejaba la ansiedad.

—¿Qué puedo hacer?

Azmina se devanó los sesos. ¡Tenía que hallar una manera de salir de aquí! ¿Debería enviar a Botón de Oro a avisarle a la reina Árbol? ¿Podría enviarlo a pedir ayuda a las abejas? ¡Azmina no sabía cuánto tiempo más podría aguantar!

"Si me suelto, quizás el calambre en el ala desaparezca", pensó, pero este era un plan demasiado arriesgado. Si tenía el ala aún acalambrada, caería en la lava. Realmente, se estaba quedando sin opciones.

Miró a su alrededor y vio otro saliente rocoso justo encima de ella. Se le ocurrió que tal vez podría impulsarse y llegar hasta él. Era más ancho que el saliente donde estaba, y desde allí quizás podría escalar hasta el borde del volcán. Era una posibilidad remota, pero valía la pena intentarlo.

—¡Cuidado, Botón de Oro! —gritó—. Voy a probar algo.

Comenzó a contar en silencio: "Uno, dos...".

Pero antes de llegar a tres, una sombra se cernió sobre ella. ¡Ay, no! ¡Los trasgos habían vuelto! Justo lo que menos necesitaba en este momento. ¿Podría rugirles de nuevo?

Azmina contuvo el aliento y se preparó para rugir, pero se detuvo al echar la cabeza hacia atrás. Las criaturas que tenía encima no eran trasgos sombríos. Por el contrario, se avecinaban dos dragones: ¡uno, plateado, y otro, multicolor!

—¿Willa? ¿Naomi? —gritó Azmina, casi sin poder creerlo.

—¡Sí! —gritó Willa descendiendo en picado.

Las chicas dragón alzaron a Azmina y la llevaron hasta el borde exterior del volcán. Por encima de ellas volaban chispas ardientes como estrellas fugaces.

—¿Cómo supieron que necesitaba ayuda? —preguntó Azmina mientras Botón de Oro aterrizaba junto a ella.

—No lo supimos —dijo Willa—, pero no sentimos mal después de marcharnos. Nos pareció que lo correcto era regresar.

—Y me di cuenta de que tenías razón sobre el último ingrediente —continuó Naomi—, así que dimos la vuelta. ¡No esperábamos encontrarte dentro del volcán!

—Ese no era el plan —admitió Azmina—. ¡Estoy muy contenta de verlas! Me salvaron el pellejo.

—Bueno, somos un equipo, ¿no? —dijo Naomi sonriendo—. Tal como le dijiste a las abejas.

Estamos destinadas a ayudarnos unas a otras.

Cerca de ellas estalló un chorro de lava burbujeante.

—Azmina, ¿ya pudiste atrapar una chispa? —preguntó Willa acercándose.

—No sé qué debo hacer —dijo Azmina, negando con la cabeza—. ¿Necesitamos una chispa o muchas? ¿Cómo la agrego a la poción sin quemarme?

La chica no mencionó su mayor preocupación: ¿Qué tal si se había equivocado y la chispa no era el último ingrediente?

—Atrapar una chispa debe ser fácil —dijo Naomi—. Abre la manzana y deja que entre sola.

Azmina no pudo evitar reírse. ¡Era tan simple!

—¿Por qué no pensé en eso? —dijo.

—Para eso están las amigas, ¿no es cierto? —soltó Naomi sonriendo.

Azmina sintió que un cálido resplandor le recorría el cuerpo al sacar la manzana de la bolsa. No era solo por la cercanía del volcán. Naomi había dicho que eran amigas.

—Azmina, creo que sabrás qué chispa atrapar cuando la veas —dijo Willa en tono reflexivo—. Confía en ti.

—Pero será mejor que lo hagas pronto —añadió Naomi—. Miren.

¡El sol estaba casi completamente cubierto por las vendas sombrías! No había tiempo que perder.

Azmina agarró la manzana mágica y se volteó hacia el volcán. Cuando la siguiente lluvia de chispas estalló en el aire, la chica se enfocó en la más grande y brillante de todas.

—Es esa —dijo.

Sin duda, esa era la chispa que necesitaban. Azmina abrió la manzana, pero justo cuando estaba a punto de atraparla, el viento la alejó.

—¡CORRE, AZMINA! —le gritó Willa—. ¡Atrápala!

Pero ¿dónde se había metido? El aire estaba lleno de ceniza, por lo que era difícil ver. Entonces, Azmina vio que algo brillaba intensamente justo encima de su cabeza.

"¡Ahí está!", pensó.

Batió su ala buena tan fuerte como pudo y se elevó en el aire. Atrapó la chispa con la manzana y la aseguró dentro con la tapa antes de aterrizar de vuelta.

Willa y Naomi se acercaron.

—¿La atrapaste? —preguntó Naomi.

—Creo que sí —dijo Azmina, respirando con dificultad.

—¡Miren! —dijo Willa, señalando la manzana.

Un vapor brillante salía por debajo de la tapa. Las chicas intercambiaron una mirada. ¿Era esto una buena señal o acababan de arruinar la poción?

—Ábrela —instó Naomi.

Con cuidado, Azmina abrió la tapa y miró

dentro. La mezcla dorada burbujeaba como un refresco.

—¡Huele muy bien! —murmuró Willa, cerrando los ojos y respirando hondo.

—Pero no pasa nada —gritó Azmina, mirando hacia arriba.

El sol todavía estaba cubierto por las vendas sombrías y el bosque se volvía más oscuro por segundos.

—La poción tiene que estar bien —insistió Naomi, respirando hondo—. Huele demasiado bien para estar mal.

Azmina estuvo de acuerdo. ¿Quizás debían averiguar qué hacer con la poción? Cerró los

ojos y volvió a aspirar el aroma. Ins-
tantáneamente, el calambre en el ala desapareció. De hecho, se sentía más fuerte que
nunca.

—Este... ¿chicas?
—le escuchó decir
a Naomi con la
voz temblorosa—.
Intenten batir las
alas. Me siento muy
fuerte. ¡Es como si
tuviéramos súper energía!

Azmina abrió los ojos, agitó suavemente las
alas y salió disparada por el aire. ¡Naomi tenía

razón! La chica se acercó la manzana al hocico y aspiró más del delicioso olor. Dio dos aleteos más y aceleró como un cohete, dejando una estela de purpurina tras ella.

—¡Ya comprendo! —gritó Willa, volando a su lado—. La poción nos hace más poderosas para que podamos llegar al sol. Entonces podremos arrancar las vendas.

—No creo que sea posible volar hasta allí —dijo Azmina—. ¿No nos quemaríamos?

—El sol aquí es diferente —señaló Willa.

Era cierto. El sol del Bosque Mágico parecía más grande que el de casa. También tenía un tono púrpura. Aun así, estaba muy lejos.

—¿Qué opinas? —le preguntó Azmina a Naomi.

—Bueno, tenemos que hacer algo —dijo esta, insegura.

Azmina asintió, pensando en las abejas luminosas. Más que nunca lo importante era trabajar en equipo.

—¡Vamos, dragones! —gritó.

Las chicas surcaron el cielo, dejando rastros de purpurina. Volaban cada vez más rápido y alto, hasta que el volcán fue un simple puntito en el suelo. Sin embargo, incluso con su gran potencia voladora, pronto quedó claro que no habría forma de llegar al sol. Estaba demasiado lejos.

Azmina alzó la vista, ansiosa. Apenas una franjita de sol brillaba aún. El corazón le latió lleno de frustración. ¡La idea de que el sol dejara de brillar le resultaba insoportable!

Un instante después, la última franja dorada se desvaneció, y una densa sombra cayó sobre la tierra. La oscuridad era tan absoluta que las chicas ni siquiera podían verse las caras. Solo sus brillantes ojos eran aún visibles.

—¡Llegamos demasiado tarde! —gritó Willa.

La furia se acumuló dentro de Azmina. ¡Esto no podía estar sucediendo! El Bosque Mágico ya formaba parte de ella y la idea de que los trasgos lo controlaran era demasiado horrible. ¡No podía aceptarlo!

—¡NO! —rugió, más fuerte que nunca.

Naomi la miró con incredulidad.

—¡Ruge de nuevo, Azmina! —gritó.

Azmina no entendía por qué su amiga le pedía que rugiera, pero volvió a hacerlo. De todos modos, eso era lo que más deseaba.

—¡Grrrrrr!

Sin embargo, esta vez la chica comprendió el pedido de Naomi. ¡Cada vez que rugía, las vendas sombrías que envolvían al sol se disolvían!

—¡Mira! —gritó Naomi.

Un solo rayo de sol, brillante, cálido y esperanzador, atravesaba el cielo.

—La poción no solo nos dio impulso —exclamó Willa—. ¡También hizo más fuerte nuestro rugido!

—¡Sí! ¡Quizás lo único que le faltaba a la poción éramos nosotras mismas! —exclamó Azmina.

—¡Menos hablar y más rugir! —dijo Naomi riendo, y los ojos le brillaron con determinación—. ¡Destruyamos las vendas!

Los dragones de purpurina respiraron hondo y, al unísono, rugieron tan fuerte como pudieron. El aire se llenó de purpurina. Las chispas doradas, plateadas y multicolores giraban y caían unas sobre otras. Esta vez, con el poder de tres rugidos en acción, las cosas sucedieron mucho más rápido.

Las vendas restantes comenzaron a chisporrotear y a desaparecer. Un polvo fino flotó

en el aire. Las figuras grises revolotearon frenéticamente, pero no pudieron restaurar su red. La purpurina de los dragones se arremolinó alrededor del sol y las últimas vendas sombrías se deshicieron en la nada.

Era la vista más hermosa que Azmina hubiera presenciado. El calor radiante del sol llenó el aire una vez más. Se sentía muy bien estar allí, trabajando junto a las otras chicas dragón para salvar al Bosque Mágico.

—¡Funcionó! —gritó Willa—. ¡Lo logramos!

Naomi revoloteó junto a sus amigas con una mirada divertida en el rostro.

—No sé si reír o llorar.

—Yo sé lo que tengo que hacer —sonrió Azmina.

Se elevó y comenzó a dar saltos mortales en el aire, uno tras otro. Willa y Naomi se le unieron. Cualquiera que hubiera alzado la vista en ese momento habría sido testigo de un espectáculo muy extraño: tres dragones brillantes y risueños dando volteretas y rugiendo sin cesar.

Azmina comenzó a sentirse muy mareada, así que Botón de Oro le ronroneó en el oído.

—La reina Árbol envió un mensaje con las aves. Quiere verlas a las tres.

—¡Vamos! —dijo Azmina y, junto con sus amigas, dio una última voltereta antes de descender a toda velocidad entre las copas de los árboles.

El bosque se veía aún más hermoso ahora que la luz del sol había vuelto con todo su esplendor. Vetas de luz se filtraban a través de las hojas resplandecientes. La hierba y las flores parecían más brillantes que nunca. Azmina sintió el suave calor del sol en su lomo mientras se acercaban al claro.

Lo mejor de todo era que la terrible sensación de que los trasgos sombríos estaban al acecho se había desvanecido, aunque no del todo. Azmina estaba casi segura de que los muy malvados no se rendirían tan fácilmente.

—¡Ahí está el claro! —gritó Naomi, y las tres

descendieron al corazón del Bosque Mágico, donde la luz del sol parecía más brillante.

Los pájaros comenzaron a cantar cuando las chicas atravesaron el campo de fuerza. ¡Qué bienvenida! Azmina pensó que el corazón le iba a estallar de orgullo.

La reina Árbol tomó forma humana y sonrió cálidamente.

—¡Bien hecho, dragones de purpurina! Enfrentaron un desafío que muchos habrían encontrado abrumador. Su éxito fue rotundo.

—Casi lo echamos todo a perder. Varias veces, para ser sincera —admitió Azmina.

—Sí, pero al final siempre hicieron lo correcto. —La reina Árbol sonrió amablemente—. Tienen lo que hace falta para ser un buen equipo. Las abejas luminosas deben estar orgullosas.

Azmina, Willa y Naomi intercambiaron una sonrisa. Ser elogiadas por la reina Árbol se sentía muy, muy bien.

—Aquí tienes la manzana mágica —dijo Azmina, sacándola de su bolsa.

Pero la fruta ahora estaba marchita, como una manzana olvidada en el fondo de una mochila escolar.

—Lo siento —dijo la chica, tragando en seco—. No sé qué sucedió. Hace un rato estaba bien.

—No te preocupes —la tranquilizó la reina Árbol—. La manzana cumplió su propósito. Esto solo significa que esa parte de la búsqueda ha finalizado.

Mientras la reina hablaba, la manzana se estremeció y con un fuerte estallido desapareció en una nube de polvo brillante. ¡El polvo hizo estornudar a Azmina siete veces seguidas! Willa y Naomi no podían parar de reír. Hasta la reina Árbol se rio cuando Azmina finalmente dejó de estornudar.

—Estoy orgullosa de ustedes, dragones de purpurina —dijo la reina cuando todos se calmaron—. Siempre es difícil que un nuevo equipo encuentre su dinámica, pero están bien encaminadas. Ahora deben regresar a sus casas y descansar. Sus familiares las extrañarán si se quedan aquí por más tiempo. Pero necesito que vuelvan mañana. Hay desafíos aún mayores por delante. ¿Puedo contar con que regresen?

—¡Por supuesto! —dijeron las chicas a coro.

—Pero ¿cómo regresamos a casa? —preguntó Azmina, repentinamente ansiosa por volver a ver a su mamá.

—Regresa por donde mismo viniste —dijo la reina—. Elige un amuleto en el que concentrarte y entona la canción.

Una hoja dorada dio vueltas en el aire  y aterrizó frente a la chica. Azmina la recogió y se percató de que Willa y Naomi también sostenían sus amuletos, aunque no pudo ver qué eran.

Aferró la hoja, concentrándose en su hermoso color, su suavidad y su frescura.

—Azmina, ¿nos vemos mañana a la hora del almuerzo para hablar de cosas de chicas dragón? —escuchó decir a Naomi justo cuando se disponía a cantar.

Azmina sonrió y asintió, demasiado contenta para hablar. Ya no era la chica nueva. ¡Ahora tenía amigas!

Los tres dragones entonaron la canción:

Bosque Mágico, Bosque Mágico,

ven y explora.

Bosque Mágico, Bosque Mágico,

¡escucha ahora!

Un viento cálido se desató a su alrededor, levantándola, haciéndola girar una vez y colocándola en el suelo. Cuando Azmina abrió los ojos, estaba de regreso en el jardín de su casa. Miró hacia abajo. Ya no tenía cuerpo de dragón y sus alas y garras habían desaparecido. Volvía a ser una chica normal.

Parpadeó. Lo que acababa de suceder en el bosque ya se sentía irreal.

Se abrió la puerta trasera y escuchó la voz de su mamá:

—¡Azmina! ¡Ya está la cena!

"Pero fue real —se dijo la chica, subiendo las escaleras de un salto y entrando a la casa—. ¡Soy realmente el dragón dorado de purpurina!".

SOBRE LAS AUTORAS

Maddy Mara es el seudónimo del dúo creativo australiano formado por Hilary Rogers y Meredith Badger. Hilary y Meredith han colaborado escribiendo libros para niños por casi dos décadas.

Hilary es escritora y exdirectora editorial, y ha creado varias series que se han vendido por millones. Meredith es autora de innumerables libros para niños y jóvenes, y también enseña inglés como idioma extranjero a niños pequeños.

Las chicas dragón es la primera serie que coescriben bajo el nombre de Maddy Mara, la fusión de los nombres de sus respectivas hijas.